MARION HABICHT

Das Himmelshaus

Marion Habicht

Illustrationen
HIMMELSHAUS:
Lojze Kalinsek
Cerklje, Slowenien

VERLAG JOHANNES HEYN

Klagenfurt, 1999
Druck: Druckerei Theiss GmbH, A-9400 Wolfsberg
ISBN 3 85366 919 0

Für meinen Großneffen
Moritz Engel,
der seinen Papa nicht mehr suchen muß,
weil er nun weiß, wo er ist.

Es war an einem wundervollen
hellen Sommermorgen, als in einer Wiese
eine dicke Raupe umherkroch.

Sie fraß jedes Blatt auf ihrem Weg, bis sie sich nicht mehr bewegen konnte.

Da machte sie die letzte große Anstrengung, um ihr Kleid abzustreifen. Langsam veränderte sich ihre Gestalt.
Sie schwankte und tanzte, und unter ihrer Haut schimmerte es hell. Plötzlich platzte ihre Schale auf und ein wunderschöner bunter Schmetterling kroch hervor.

Die Hülle blieb auf der Erde zurück. Der Falter aber entfaltete seine Flügel und ließ sich vom Winde tragen. So schwebte er über die Wiese und taumelte vor Glück von Blüte zu Blüte. Und die ganze Welt sang mit ihm das Lied des Lebens, das Lied der Wiedergeburt.
(Manchmal, wenn du genau hinhorchst, kannst du dieses Lied auch hören.)

Nicht weit entfernt von ihm war ein Mensch gestorben.
Die Verwandten weinten und jammerten, weil sie glaubten, er sei für immer in der Erde begraben.
Sie wußten nicht, daß das, was sie dort sahen, nur seine sterbliche Hülle war. Im Moment des Todes hatte sich seine Seele zu neuem Leben erhoben, war als Schmetterling der Sonne entgegen geflogen.
Die Schmetterlingsseele flog hoch und immer höher, über Berge und Wiesen und Flüsse und Seen, den ganzen Tag lang, bis sie an das Ende der Welt kam.
Dort war es inzwischen Nacht geworden. Nach und nach gingen die Sterne auf und füllten flimmernd und funkelnd den Himmel.

Die Schmetterlingsseele erfaßte eine Sehnsucht auch dorthin zu gelangen. Und während sie ganz erfüllt war von diesem Wunsch, spürte sie eine große Wärme.
Sie fühlte, wie sie sich verwandelte. Ihre Schmetterlingsgestalt löste sich auf, während sich alle Farben von ihren Flügeln in die Nacht hinaus ausbreiteten. Sie sah, wie es um sie herum heller wurde, sodaß der Weg zu den Sternen klar vor ihr lag.
Ein Strahlen ging von ihr aus: Sie war zu einem Stern geworden.

Es war noch ein weiter Weg zum Sternbild des Widder, wo sie geboren und als Sternschnuppe zur Erde gekommen war. Der große und der kleine Hund bewachten die Milchstraße, auf der das Schmetterlingssternlein in die Höhe flog – vorbei am Löwen, am Großen und am Kleinen Bären.
Der Schmetterlingsstern fürchtete sich nicht vor den großen Tieren. Sie taten ihm nichts, denn hier, in der unendlichen Weite des Himmels, waren alle Wesen friedlich. Nicht einmal der Hase fürchtete sich.

„Wer bist du?“ fragte der erste Hund.
„Ich bin der Schmetterlingsstern.“
„Wohin fliegst du?“ fragte der zweite Hund.
„Ich will zu meinem Himmelshaus, wo ich geboren bin.
Alle Menschen, die ihr Erdenleben beendet haben, kehren zurück in ihr Himmelshaus. Meines steht im Sternbild des Widder. Dort bin ich geboren.“
„Da bist du auf dem richtigen Weg“, sagte er erste Hund und der zweite nickte.

Quer auf dem Weg lag der große Drache. Aber auch er
nickte nur mit seinem Zackenkopf und schlief mit
offenem Rachen weiter.
„Wohin fliegst du?“ fragte der Stier, als der
Schmetterlingsstern vorbeiflog.
„Ich fliege zu meinem Himmelshaus, das mein Vater für
mich gebaut hat. Weißt du, wo ich es finden kann? Es
steht im Sternbild des Widder.“
„Dorthin mußt du fliegen“, sagte der Stier.

Das Sternlein bedankte sich und flog weiter.
Kurz vor dem Ziel mahnte die Wasserschlange: „Jetzt mußt du die Milchstraße verlassen, sonst kommst du zum Sternbild des Schützen – dein Haus liegt im Widder!“
Aber der Adler hatte schon die Richtung gen Norden eingeschlagen und winkte dem Schmetterlingsstern ihm zu folgen.

Als er die Milchstraße verließ, hörte er schon von weitem das dumpfe Blasen des großen Wals. „Sieh zu, daß du noch vor Sonnenaufgang dein Ziel erreichst, denn später strahlt die Sonne heller als die Milchstraße, und du findest den Weg nicht mehr."
„Danke, Wal", sagte das Sternlein, „ich will so schnell weiterfliegen, wie ich nur kann."
Dort, in der endlosen Weite des Alls leuchteten vier Sterne so hell, daß sie alles überstrahlten, was in ihrer Nähe war. In ihrer Mitte erhob sich das schönste Haus,

wie es auf Erden nirgends zu finden war. Eine Treppe aus schimmerndem Kristall führte zu den Wänden aus blauem Lapislazuli. Türkisfarbene Bogen und Erker strebten hoch in den Himmel, und die vier Sterne des Widder ließen die Türme in tausend Farben funkeln. Leises Klingen und Rauschen erfüllte das Weltall, und viele Stimmen schienen zu rufen: „Komm her, Schmetterlingssternchen! Wir alle warten auf dich! Hier ist deine Heimat!"
„Hier muß es sein, wo ich zu Hause bin!" rief der Schmetterlingsstern. „Irgendwo nah werde ich sie finden, alle, meinen Vater und die anderen, die vor mir heraufgekommen sind."
Er hörte die leisen Stimmen der Sterne. Alles rief ihn an. Und während der neue Morgen zartrosa Schleier über den Himmel warf, wurde der Eingang durchsichtig. Ein schwacher Hauch erfaßte das Sternchen und trug es hinein zu seinen Eltern und Voreltern.